Assembleia das Nuvens

Ana Amarylis Vivacqua de Oliveira Gulla

Assembleia das Nuvens

LACIER

LACIER

Lacier Livraria e Editora
www.livrarialacier.com.br

Rua Doutor Quirino, 808 – Centro
CEP 13015-081 – Campinas, SP – Brasil

Agosto, 2024

Diretor: *Lacier José de Rezende*
Coordenação editorial: *Peter Fritz Strotbek*
Projeto gráfico e diagramação: *The Best Page*
Projeto de Capa: *Fabio Giglio*
Ilustrações: *Mirella Brolezi*

Ficha Catalográfica

Dados Internacionais de Catalogação na Publicação (CIP)
(Câmara Brasileira do Livro, SP, Brasil)

G973a Gulla, Ana Amarylis Vivacqua de Oliveira.
Assembleia das nuvens / Ana Amarylis Vivacqua de Oliveira Gulla. —
1. ed. — Campinas, SP : Lacier Editora, 2024.
96 p. ; 14 x 21 cm.

ISBN 978-85-64412-24-8

1. Literatura brasileira. 2. Contos brasileiros. 3. Crônicas brasileiras.
I. Título.

869.0(81)

Índices para catálogo sistemático:

Contos e crônicas — Brasil

Angela Schmidt da Rosa – Bibliotecária – CRB-14/1171

Dedicatória

Dedico este livro, em primeiríssimo lugar a Deus, o maior amor universal, fonte de toda Sabedoria,

Aos anjos da Seicho-no-ie que sempre me iluminam para que a escrita flua para o meu interior,

Aos meus antepassados, raízes sólidas de minha vida,

Aos meus queridos pais, Geraldo e Lydia, que tanto me ensinaram,

Ao meu companheiro de jornada — meu marido, Sebastião Gulla, incentivador de todos os meus projetos,

Aos meus filhos, Igor, Laís e Diego, fontes perenes do amor incondicional,

Aos meus netos, Ana Júlia, Yolanda, Maria Rita, Maria Clara e Henri (e a quem mais vier...), que me trazem diariamente a renovação da vida,

Aos meus amigos, sempre muito presentes na minha vida.

Tenho a convicção de que sem esses seres, essa obra não seria possível.

Minha profunda e eterna gratidão a todos!

Sumário

Apresentação

Esta obra é uma versão compilada de vários contos e crônicas que venho escrevendo ao longo dos anos.

Algumas foram escritas para participar de concursos de literatura, como a "Arte da Magistratura", promovido pela Associação Brasileira de Magistrados no qual fui honrosamente agraciada com duas premiações; outras obras foram escritas pela minha imaginação, observação da alma humana, ficção e mais uma realização de um sonho de muitos anos.

Às vezes algumas peças foram escritas tão rapidamente que mais parecem uma psicografia...

Embora a deixe "dormir" para após revisitar seu conteúdo.

E porque a ideia do título "Assembleia de Nuvens"?

Pois bem.

Relendo as obras, encontrei uma especificamente — "Eternas Amigas" que se refere a "Assembleia de Nuvens" — senti-me enamorada dessa expressão e de pronto me veio a ideia de colocá-la como título — segui minha primeira intuição, ouvindo a voz perfeita do meu Deus interior!

Apresento assim, a vocês, meus caríssimos leitores, uma obra singela, repleta de romance, intensa em vibrações de amor — o maior sentimento de todos, em qualquer de suas múltiplas e fantásticas dimensões!

Desejo de alma e coração, uma ótima leitura a todos!

São Paulo...

Prefácio

Beijou a memória de seus beijos, lembrando Drumond e puxou-o para dentro de si.

Coube-me, por especial docilidade de minha dileta amiga, Ana Amarylis, prefaciar, com imensa alegria, as páginas de verdade em que se constitui este livro de autoria da gentil e generosa, Ana.

Mulher forte e sensível, que- entre lembranças da infância à reflexão dos que habitam o esplendor e a solidão da toga-, desliza pelo implacável tempo, tecendo com o precioso fio de habilidosa narrativa a miríade dos sentimentos a invadir a alma humana sempre que esta não se furta a abraçar a beleza presente no dom da vida, experimentando o rico cotidiano de nossas emoções.

Reminiscências de amores diluídos pelo escoar das horas, de paixões eternizadas pelo rico imaginário feminino, do quão de gratificante há em ser útil ao próximo, do essencial à grandeza da vida: "nada de bens, nada de festas; mas um grande baile a cada dia dentro de mim. A sensação não poderia ser melhor. Era a essencial alegria vinda de uma alma preenchida de plenitude. Sem máculas", Ana invade-nos com a suavidade intensa dos que amam.

Ao citar Cecília Meireles, toca no desencanto de que muitas mulheres padecem, transportando-nos para o compromisso com a emancipação dos seres, com o respeito à infância e sua inocência psicologicamente roubada por inescrupulosos, inescusáveis interesses.

Nestas páginas de "linotipo", o atento leitor ouvirá, na suave e doce voz de Ana, o irrecusável convite: — "vem, vem ser feliz".

Se dores lhe dilaceram o coração, se a incerteza da vida lhe causa angústia, se o céu está plúmbeo, ameaçando tempestade, se o inebriante e mundano poder da sedução aplacou o pragmatismo da vida, confie no prazer desta leitura e vem ser feliz, há uma "casa de sonhos", na feliz expressão de Ana, a esperar por nós!

Vem, as estrelas já vestiram seus pijamas e brilha o raiar da aurora de um novo é lindo dia, vem ser feliz!

Ana Carolina Zaina
Desembargadora do TRT da 9ª Região.
Diretora da Escola Judicial
Presidente TRT da 9ª Região no biênio
dezembro/2021– dezembro/2023.

Elas — Eternas Amigas

Sempre olhava as nuvens, tinha uma predileção especial pelas nuvens brancas, em floquinhos; estabelecia contato visual com elas.

Voltou aos longínquos tempos de infância, nas tardes mornas do Nordeste quando deitada no chão "assistia" as nuvens.

Era um estranho hábito. A mãe dizia: — "Menina o que está fazendo aí, deitada no chão?".

Assistindo as nuvens, mamãe, respondia invariavelmente e a mãe respondia também de forma repetida: — "Ora, ninguém assiste nuvens...que menina mais esquisita...".

Foram boas e doces lembranças e agora estava novamente próxima das nuvens e acima delas. Estava em pleno vôo de dia claro pertinho, pertinho do céu indo na direção do continente europeu, mais exatamente chegando a Milão, na Itália, cidade onde passaria (acreditava) todos os anos de sua vida.

Suspirou. Ela, uma bonita e sonhadora mulher de pele clara, cabelos escuros longos e sedosos, com cerca de 50 anos, em cujos olhos verdes cintilava o brilho do anseio de vida vindo de um coração amoroso.

Ia plena de esperanças deixando para trás uma vida de renúncias e solidão emocional.

Sim — embora vivesse em ritmo de festa, pois era casada com um rico banqueiro, as festas eram só exteriores e tinha chegado ao estágio de saturação total. Estava cansada daquela vida fútil e vazia onde ninguém lhe compreendia os anseios, as aspirações, até porque "neste mundo" não há interessados em valores reais, humanos. Há apenas gente que se ocupa em exibir o melhor casaco, o melhor vinho, o melhor carro. Querem na verdade se aturdir.

Mas, para ela, de alma cheia, coração amoroso, tudo aquilo não fazia sentido.

Há muito, rejeitava aquela visão de vida que entendia como grotesca, na qual via seu marido como figura central, bebendo incontáveis taças de champanhe francesa.

Voltavam juntos para casa sem palavra alguma a ser dita. Solidão.

Não havia nada a ser dito, apenas lamentado.

Mas cansou-se também do auto lamento.

Algo deveria ser feito, alguma atitude teria que ser tomada.

Então disse a seu marido em um fim de festa nefasto, quando entre entristecida e constrangida, viu-se assediada por mais um de seus "amigos". — "Farei uma viagem a Itália, sozinha. Preciso muito de minha companhia única, agora".

Nenhuma preocupação, nenhuma resistência foi colocada.

Apenas, — "Se lhe faz bem, vá e aproveite a viagem, querida. A Itália é sempre encantadora".

E assim o fez. Isso há cerca de 1 (um) ano atrás.

Rememorou o primeiro dia de sua chegada, precisamente a Milão — cidade com pressa. Ela, contrariando a todos, não tinha pressa alguma.

Parava e demorava-se detidamente em cada vitrine, sentava-se calmamente nos cafés, saboreava o expresso, sorvia a vida...

Estava reflexiva aquele dia, que mudaria para sempre o seu traçado de vida. De repente, sem alarde, sentou-se ao seu lado um homem comum, um italiano aparentando cerca de 45 anos, já grisalho e elegante.

Ela, entre espantada e indignada por tamanha ousadia, lhe disse: "eu me engano ou lhe convidei para sentar-se ao meu lado?".

Ele, com a serenidade dos justos repondeu-lhe: "Sim, você se engana pois me convidou há anos atrás para estar com você — e agora chegou a ocasião. Para tudo, há um tempo, é bíblico...

Ela, estranhando a espirituosa resposta, sorriu e aquiesceu.

Ficou então sabendo que seu nome era Franco e era um advogado sozinho e também solitário, dois conceitos claramente distintos.

Descobriram tantas e tantas afinidades que parecia um reencontro.

Não acreditava no que sentia, tanto bem-estar, tanta plenitude, tamanha sensação de conforto emocional...

Um mês se passou, ou melhor — fluiu.

Seu marido telefonava constantemente perguntando quando voltaria — queria-a para a companhia feminina conveniente a seu cargo.

Mas agora a festa era dela — e o que é melhor não era fora, era dentro, não era de aparências, era de essência...

Estava inebriada no âmago de sua alma com tanta felicidade.

Os meses foram se escoando e os telefonemas do marido escasseando...

Um dia — em uma tarde morna do verão italiano, voltou a olhar as nuvens e em um estranho diálogo perguntou à aquela que lhe parecia muito consistente e sábia — (nuvem consistente, menina? Que esquisitice é essa, ouviu a voz de sua mãe).

Mas, o que devo fazer Sra. Nuvem?

E narrou; em minha casa tenho muitos bens materiais, muitas coisas que aparecem e muitas que aparentam- tenho festas e mais festas. Em contrapartida tenho um coração vazio, um clamor interior que nada consegue aplacar.

Aqui, tenho nada de bens, quase nada de festas, mas há um grande baile a cada dia dentro mim. Vejo-me vestida de festa todos os dias.

Sinto uma felicidade fulgurante colorida, e uma vibração interior que nada arrefece. Há muita música dentro de mim... — "Sra. Nuvem, me responda — fale alto, afinal você é consistente!".

Naquele momento, várias nuvens que estavam difusas se juntaram como numa "assembleia de nuvens" para decretar o veredicto.

Elas, que já eram clarinhas ganharam um contorno luminoso — pura luz no céu. Raios de luz vinham incandescentes em sua direção atingindo-lhe em profusão. Incrível sensação!

Entendeu a mensagem. Nada mais havia para se conjecturar...

Assim, retornou ao Brasil apenas para comunicar sua decisão. Iria morar em Milão, com aquele homem que lhe esperava "há anos", como lhe dissera no primeiro encontro.

Estava ali, sobrevoando a linda Itália em cima de suas grandes e fiéis amigas...

A sensação não poderia ser melhor — era a alegria essencial vinda de uma alma preenchida, de plenitude.

Mais — êxtase total.

Guardava dentro de si a certeza da decisão tomada por uma "assembleia" perfeita, sem máculas.

Lembrou-se mais uma vez de sua doce e longínqua infância, um arrepio suave, ameno lhe invadiu o corpo, e agradeceu.

"Obrigada amigas, vocês serão minhas fiéis e eternas confidentes."

Sim — Amigas para sempre!

Bem-vindas a Milão.

Toga Vazia

Agora tudo era silêncio. Já concluíra todos os afazeres do dia, todos os despachos, todas as audiências e o tumulto daquela Vara de Família movimentada se aplacara.

Todos já tinham ido embora para suas casas, só ela ficara ali com suas fortes lembranças.

Tinha um antes, e um depois...

Ela que sempre aconselhava as mulheres em processo de divórcio, "olhe para frente", "refaça sua vida", só queria olhar para trás, pelo menos naquele momento, e olhou.

Fez um *flashback*.

Dia 10 de maio de 1995. O dia do sonho, mais que isso — o dia do êxtase, seu casamento com Luca — um músico inteligente, esotérico, diferente dos homens comuns racionais — Luca era passional, romântico e inebriado com a vida, sentimentos que impregnava quando sentava-se ao piano e arrancava suspiros da alma da plateia...

Ela encantou-se até o profundo de seu coração, de seu ser. Via-o tocar Bach, Beethoven, Chopin com a mais pura admiração, não cabia em si de contentamento, transbordava de alegria, e isso não era nenhum sofisma...

Quando Luca lhe disse solemente — vamos nos casar, apressou-se em realizar a mais bela cerimônia e quis que o pôr do sol presenciasse a união de dois seres em uma radiosa tarde, quando nuvens púrpuras estampavam o céu.

Acreditava que sua metade da alma que estava vagando pelo cosmo tinha chegado "para sempre" e esse "para sempre" compreendia o eterno e o imortal.

Fez questão em sua memória de "colorir" aquele dia...

Contra todas as previsões metereológicas o dia foi de sol (até porque se não houvesse sol, não poderia haver o "pôr" do sol...) tudo estava perfeito. Tudo propício para a festa e a festa não era só no exterior; a maior e mais linda festa era dentro de seu ser, que não resistia de tanto contentamento, da mais pura e genuína alegria que um ser humano poderia vivenciar...

No final da cerimônia do casamento, para coroar a festa, Luca sentara-se ao piano e tocara *"Clair de Lune"* de Chopin. Arrepios que percorriam o corpo e lágrimas de mais pura emoção escorriam fluídas pela sua face...

Bem, o tempo implacável passou e o cotidiano se instalou — todo em preto e branco, todo sem as cores da emoção. Os afazeres diários consumiam o elo romântico e etéreo que os unia.

Eram só tarefas. Vieram os filhos. Ela feliz com a chegada do primeiro filho que lhe trouxe a sensação confortável de completude, e ele — nem tão encantado assim...

Descobriu então com tristeza sua faceta egocêntrica e seu lado "holofotes sobre mim". Desiludiu-se um pouco, mas relevou pensando... "artista".

A chegada do segundo filho veio em meio a uma união arrefecida pelas discussões pontuais, pelas cobranças, pelo descaso...

Ela, com sua carreira de juíza, tinha sido designada para uma Vara da Família — aliás, seu sonho e objetivo profissional. Era considerada uma juíza forte, segura e impassível. Homologava divórcios, decidia sobre guarda de filhos com tamanha frieza, como se não tratasse de seres humanos com tantos sentimentos envolvidos — era vazia deles. O coração árido e infértil.

As mulheres a temiam e os homens a admiravam tamanha era sua severidade e rigorismo.

Mas tudo aquilo — só ela sabia, era tão somente uma capa; aquele era um personagem, era a "toga vazia"; um escudo para camuflar seus reais sentimentos, suas amarguras internas, sua desilusão terminal...

E o tempo seguia incólume. Luca — seu marido artista — brilhava sem sua carreia de pianista. Convites, concertos, viagens constantes por todas as partes do mundo, notadamente para a Europa, que valoriza tanto músicos clássicos.

Ela — sozinha com seus filhos, com sua toga vazia...

Descobriu surpresa que estava novamente grávida em meio a um casamento agora em ruínas, com os elos tão tênues, já praticamente inexistentes...

Mas ela era forte o suficiente e enfrentaria mais esse desafio que a vida lhe entregara.

Nasceu então uma linda menina — e ela mais uma vez encantou-se com a maternidade que lhe trazia a tona tantos sentimentos doces, emanados de sua alma que parecia vivenciado nos anos de um casamento arruinado...

Estéril, também, porque em sua vida profissional só transmitia dureza, afinco, determinação e nada que lembrasse aquela jovem romântica que um dia tinha se casado em um agora nostálgico por do sol de um maio perdido no tempo...

Realidade — Finalmente, um dia e esse dia embora fosse cogitado em seus devaneios, ele — Luca disse em tom solene: — "Vou embora. Recebi uma proposta irrecusável de morar na Suíça, fazendo parte de uma orquestra; tenho o olhar voltado para mim — como você sempre soube e para minha música. Aliás — este é o meu grande amor — A música".

O mundo desmoronou... Lágrimas escorreram fortes, abundantes e torrenciais, não só por sua face, mas por toda sua alma...

Não tirou férias para se recompor. Ao contrário, trabalhou como nunca, no afã de se aturdir com o drama alheio, com os problemas das pessoas que se socorrerem da Justiça, quando outra alternativa não lhes resta...

Socorrem todos os que esperavam dela um despacho, uma decisão, com rapidez e presteza.

Era incansável.

Os filhos — procurava suprir todas as necessidades — Colégios excelentes, bilingues em tempo integral.

Revestiu-se de super mulher — parecia que ra dotada de um *"chip"* especial que a fazia verdadeira heroína de histórias fictícias.

O tempo escorreu...

Hoje — 10 de maio de 2010 — seria aniversário de seu casamento e por isso o *"flashback"* foi tão forte...

Ela estava no fórum e havia terminado uma audiência de tentativa de conciliação, na qual foi bem sucedida.

Uma sensação boa, de vitória, lhe aplacara o vazio interior.

Suspirou longamente.

Sentiu um arrepio lhe tomar o corpo inteiro.

Descobriu dentro de si que algo muito fortemente havia mudado!

Tinha transcendido o vazio!

Tinha transcendido o ego.

Como...? Indagava-se.

Internalizou-se!

Sentiu que ao resolver satisfatoriamente as questões "dos outros" era como se resolvesse um a um os seus próprios problemas; ao solucionar os dramas alheios era como se solucionasse seus conflitos internos e aí teve um despertar maravilhoso!

Sim! Era isso!

Aprendera que o princípio "Eu e o outro somos um" era verdadeiro, real e factível!

QUE FELICIDADE!

Surpreendeu-se novamente inebriada, apaixonada, não por um ser, mas pelos seres, pela vida, pelo Amor, no seu mais amplo sentido, na sua mais irrestrita acepção!

Viu-se então em meio a uma grande onda de luz, com belos matizes. Desta onda emanava uma profusão de luzes, uma verdadeira "sinfonia de luzes", inundante.

Viu, com os olhos da alma navegando feliz em meio a um mar de pétalas douradas, azuis e cintilantes!

Que sensação abrangente, de pura Harmonia Universal... Abriu os olhos. Olhou então a toga que acabara de tirar.

Antes a olhava e inevitavelmente pensava — "Toga Vazia".

Agora era diferente. Viu nitidamente sobre a toga pensamentos e sentimentos, como os tinha vivenciado em sua "retrospectiva" e concluiu, com muita serenidade e genuína alegria:-

"A Toga nunca mais estará ou será — Vazia!"

Crônicas das Lembranças

O tempo passou e eu me enchi de lembranças...

Do banho frio das tardes de verão com cheiro de sabonete "Phebo", da chuva torrencial de todas as tardes na longínqua Belém (na memória), do cheiro de terra que subia após a chuva, da espera ansiosa por alguém que nunca vinha...

Ah! As lembranças inundaram minha mente, e as saudades me toldam o olhar.

Ouço vozes familiares em minha mente e não mais nos meus ouvidos; ouço recomendações paternas, preocupações maternas; me vejo no passado e suspiro...

Tanta nostalgia... Não é à toa que nostalgia no idioma italiano significa saudades, palavra única, tão nosso privilégio do idioma português, saudades e mais saudades, e pra que tantas...? Se Deus, nosso Criador foi tão generoso e nos permitiu viver quantas vezes quisermos tudo em nossa memória, em nossos corações, com igual e forte intensidade...

E assim o faço...

E é tão bom se sentir novamente acarinhada pelos pais, sentir o odor das manhãs primaveris, sentir-se inebriada de paixão, juvenil, extasiada, de pura emoção com o nascimento de cada filho...

Essa memória do sentir é mesmo uma dádiva de Deus.

Podemos amar, sentir, inebriarmos, apaixonarmos, extasiarmos, sem o ônus das angústias que também esses sentimentos nos trazem...

Sim, pois só selecionamos o melhor dos sentimentos, agora que podemos; só registramos o lindo pôr do sol, daquele dia distante, quando ouvíamos o poema de Pablo Neruda; só lembramos a primeira fala do filho, o primeiro passo da filha, e nunca o boletim "vermelho"...

Hoje é assim que sinto, ao desembrulhar uma pueril embalagem de um sabonete "Phebo", no presente efêmero que é hoje no qual estão inclusos o passado, e o olhar no futuro, que também já pode ser passado... pois é tudo tão efêmero e inconstante, é tudo mesmo único — e é só sentir e sentir que permanece.

E sempre...

Mulher

Sob a lente do amor eu vejo tua beleza
Nasce uma menina, quanto mimo, quanto carinho
O primeiro olhar para o mundo é um sorriso de compreensão
Compreensão essa que a acompanha por toda a vida
Depois vem o olhar de encantamento do primeiro amor!
Quanta paixão cabe numa menina-mulher...
Em seguida vem o amor adulto, sonho embalado a buquê de flores
Vem também o amor incondicional da maternidade
Não importa quantas horas durma uma recente mãe,
pois seu encantamento com o pequeno ser que gerou transcende a tudo
Mais tarde, ela esparge esse amor a novos seres
E o mais puro amor novamente transborda
E mesmo as que não são mães, são as mães eternas de toda a humanidade...
E ela sempre bonita
Terna ao nascer e florescendo ao adolescer...
No auge da maturidade é linda
E no outono de sua profícua vida é linda também,
por ser sábia e serena com um acervo que só ela possui

A homenagem que faço nessa trajetória singela é simples mas simultaneamente grandiosa,
Como é grandiosa essa criação única, ímpar
E a mais luminosa do nosso Criador
Eu, você, as mulheres!!!

Amo Ser Mulher!!!

Meu Deus — Como te sou grata por ser mulher!

Que seria de mim se me olhasse no espelho e não me visse com um lindo batom vermelho a iluminar o rosto?

Que seria de mim, se não me concedesse o direito de derramar lágrimas pelas tristezas acumuladas no peito fragilizado pelos acontecimentos mundanais?

E que seria de mim, se não pudesse pedir colo, aconchego e espargir nectar de amor a todos os seres da face da terra carentes de docilidade, amor e peito?

Assim sou eu — Assim somos nós mulheres — todas lindas, independente da estética física, independente das origens e cores...

Vibrando uma alma iluminada, frágil/forte (ou seria forte/frágil?), repleta de beleza intrínseca, beleza essencial — profusão colorida de sentimentos nobres, embalo suave, etéreo e transcendental!!

Mulher — solo fértil da amplitude maior da palavra mulher — sua natureza é similar a uma onda no movimento perene de vem... e volta...

Mulher — macia, flexível em sua alma que se ondula também...

Expressão constante do belo encanto que se origina da aparente fragilidade, essência do amor que é a sua beleza intrínseca...

Hoje — mais um dia internacional dedicado as mulheres e a palavra mágica é: GRATIDÃO! — Ao criador por todas nós:

Doadoras de vida!

Doadoras de luz!

Inspiradas e inspiradoras!

Determinadas!

Amorosas!

Valorosas!

Luminosas e sublimes mulheres!

A Visitante Esperada

Crônica / Traquinagens e Peraltices — tempos de infância

Era uma bagunça na rua quando vinha D. Genoveva passar o dia com sua filha Marieta, aos fins de semana. Às vezes no sábado, às vezes no domingo.

É certo que a Senhora não tinha muita paciência com crianças e sempre ameaçava-as com sua bengala, com dedo em riste.

Mas aquilo é que era bom, se ela não reagisse não teria graça nenhuma.

Até aquele dia em que a brincadeira foi longe demais e Pedrinho um garoto bagunceiro de 7 anos resolveu "armar a armadilha" que durante a semana tinha planejado.

Sim — fez um buraco grande com um fundo falso, com areia em cima, bem próximo do degrau que dava acesso ao jardim da casa de Marieta, e por onde fatalmente D. Genoveva teria que passar para entrar na casa.

Oh! Quantas gargalhadas, quanta espera ansiosa para a vinda da D. Genoveva.

Naquele dia, custou para ela chegar... Mas finalmente chegou. Mais brava e desatenta que nunca, xingando a demora do ônibus, o calor, o vento, tudo — todas as manifestações da natureza que eram contrárias. Ufa! Que mau-humor!

E foi rápido — caiu direitinho, sua perna esquerda foi afundando naquele buraco e gritava aos berros.

"Marieta — socorre-me — tira-me daqui, sofri um acidente horrível!"

As crianças escondidas estavam eufóricas. O plano dera certo, ela caíra direitinho — Quanta diversão!

Logo Marieta chegou assustada com sua mãe com a perna enfiada naquele buraco — "Oh — mamãe, a Senhora tinha que se meter aí...?" Ralhou a filha.

Puxou-lhe a perna e a velha senhora gritava de dor — parecia que tinha quebrado a perna.

E aí as crianças é que ficaram assustadas. Chamara a ambulância — aquela sirene alta na rua, dando a impressão de um trágico acidente e, até de morte.

Que horror"

As coisas se inverteram e as crianças estavam muito aflitas — choravam se culpavam uns aos outros.

Diziam entre si: "eu fui contra — sabia que não podia dar certo".

Resolveram juntos ir a Igreja rezar para que nada de grave acontecesse a D. Genoveva.

Falaram com o padre.

Confessaram o "crime", se penitenciaram — pediram perdão, puseram à prova sua sinceridade, seus coraçõezinhos.

Aquela foi a tarde mais comprida de todas as suas vidas.

Tocou o sino das 6:00 horas e nada. As orações foram ficando mais fortes e concentradas, nunca pediram tanto. Culpa, medo e arrependimento se misturavam nas crianças.

Foi demais. Nenhum santo poderia deixar de atendê-los — eram tão sinceros, principalmente o Pedrinho, o "autor" de toda aquela história.

Finalmente às 8:00 horas da noite chegou a D. Marieta, já calma, anunciando a todos que sua mãe — D. Genoveva estava bem e apenas tinha luxado a perna — que já estava em casa, mas muito triste pois sabia que foram as crianças que lhe tinha preparado a armadilha.

Mas não precisou mais nada.

Dia seguinte — domingo de sol. A turminha, (de 5 crianças) liderada por Pedrinho, bateu cedo a casa de D. Genoveva, todas com lindas flores na mão, e cada um com um presente diferente — (chinelos, bolo, perfume, canetas e colares). Mas todos, com o maior presente nos seus corações — o arrependimento por uma má-ação e o desejo de nunca mais cometê-lo. Um beijo, um abraço tudo muito molhado selou aquele compromisso de eterna e carinhosa amizade.

"AMIGOS PRA SEMPRE — D. GENOVEVA!"

O Tempo — Paradoxo ou Ficção?

Hoje — o que será?

Quero "segurar" o tempo com as mãos para não deixá-lo escoar.

Ele é mesmo implacável?

Quem é este senhor?

E inexorável? Será mesmo que ele é assim tão vestido de preto — escuro e obscuro, comportando tantos enigmáticos e incompreensíveis conceitos... implacável.

Inexorável!

Meus Deus — o que é mesmo esse senhor — tem barbas pretas ou brancas, é figura forte ou já é fragilizado, o que é você, TEMPO? Indago.

Retrospectiva.

Houve um tempo em que acreditei que tudo era eterno — estanque, imutável.

Que jamais meus pais partiriam, que jamais meus amigo's morreriam, ou mesmo iriam embora...

Mas esse tempo passou e eu entristecida pela realidade aparente constatei que tudo é efêmero — os pais partem, os amigos se vão, e aí comecei a conjecturar.

E agora é um novo tempo.

Agora sim, entendi você Sr. Enigmático, emblemático, inexorável.

Você não é nada disso. Não é sequer assustador.

Você é brando, cálido como uma tarde de verão, leve como a brisa da primavera e sereno como um sábio...

Sim — você tem as cores, o peso, e o sentido que nós lhe damos, você é eterno.

Você é passageiro e efêmero — você é como água — amoldável de acordo com o recipiente mental em que lhe colocamos!

Que nova visão do tempo! Novo despertar!

Novo invólucro!

Novo olhar e novo sentir — cores lindas do tempo ora se apresentam diante de mim.

E, já não mais me entristeço porque os amigos foram — porque na verdade eles não foram — os pais também não partiram. Estão sempre aqui.

Nada vai embora a menos que lhe concedamos permissão para ir — e a permissão da partida nunca pode ser concedida — pois este é um "alvará" interior — que mora em local certo e sabido — dentro do mais recôndito cantinho de nossa alma.

Eu não os deixo partir — amores!

Eu não dou permissão para jamais irem embora. Sentimentos eu os aprisiono na eternidade da minha alma, e do meu profundo e amante coração.

E agora, me diga quem tem medo de você ó "TEMPO?".

Resgate

Sozinha.

Porque o diminutivo?

Porque o paliativo?

Estava só como sempre quis e não sentia nenhuma solidão.

Estava rodeada de pássaros, de céu, de mar.

Mas, acima de tudo isso, sentia-se inundada de bons e serenos sentimentos.

Lutara tanto para chegar aonde estava.

Pensamentos tumultuados invadiram-lhe a mente, perturbando a paz atual.

Mas tinha que rememorar tudo, embora as lembranças dolorosas lhe fizessem sofrer tudo como se fosse em tempo real.

Mas vinha-lhe o consolo da consciência.

Não era.

O passado no entanto era vívido em sua mente.

Mesmo o barulho forte do mar em dia chuvoso não ensurdecia o barulho interno. O ruído intenso do passado que insistia em se fazer presente. Insistia e ela permitia porque fazia parte da história de sua vida.

Retrocedeu no tempo em que tomou sua frágil decisão. Iria embora daquela vida que não lhe agradava mais, que lhe machucava, que lhe sufocava.

Mas... como?

Nada tinha de concreto, nem bens materiais, nem sequer uma casa decente para morar; só tinha aquela frágil determinação de finalizar uma história.

E pensar que aquela tinha sido uma história de amor... suspirava.

Tinha vivido bons anos de agitação, de tumulto, mas estivera tão ocupada criando os filhos, trabalhando, "apagando incêndios" — um após o outro, que não se dera conta que o tempo passara.

Quando despertou viu-se madura, ofegante e sem brilho.

Viu que já não se interessava por nada, que as cores estavam todas cinzas e até neutras em sua vida. E aí, não seria exagero dizer que dos seus olhos vertia-se sangue e não lágrimas.

A alma toda sentia a dor do desencanto, da sensação de tempo perdido, escoado...

Esvaindo-se nessa tristeza consumia seu pensamento no passado.

Amarguras, desilusões eram palavras fortes que apareciam como **"chicles"** publicitários em sua mente.

Isso — antes da decisão: pois quando chegou o momento fatídico já estava anestesiada, o "pré-coma" doloroso tinha passado e já não sentia dor, apenas passividade.

E aguardava.

Aguardou uma reação que não existiu — em absoluto, não ocorreu.

Quando, num rasgo de coragem, comunicou ao seu marido a decisão de romper um casamento de mais de 20 (vinte) anos, este não se abalou.

Inexplicavelmente disse — "sim"!

"Se assim você quer, assim será".

Uma frase lacônica que lhe despertou da anestesia e fez o seu coração voltar a palpitar.

Por vezes fantasiamos tanto uma situação que quando de fato ela acontece, nada do que foi temido ou previsto ocorre.

O pré-sofrimento é mesmo um sentimento inútil e despiciendo...

Quanta energia dispendida à toa...

E aí vem — "Ah, seu eu soubesse..."

Mas nunca sabemos mesmo.

Voltei.

Retornei.

Lembrei Cecília Meireles que dizia em seu poema: "Aprendi com as primaveras a deixar-me cortar ... e voltar sempre inteira".

Que lindo, poético e verdadeiro!

Assim se sentia.

No ontem, no passado.

Mas retornei em um passe de mágica, no único momento que temos — O AGORA.

Que bom momento é o "agora", que se pode planejar, traçar novos rumos, novas metas, buscando incessantemente bons e novos caminhos.

E esse agora é paz, serenidade, bem aventurança e luz!

Olhou lá fora.

Estava esmo rodeada de pássaros, de mar, de montanhas, céu, mas acima de tudo estava resplandecendo em luz.

Tanta que lhe inebriava.

Voltou-se a um espelho que tinha a sua frente.

Espantada viu uma linda mulher com um brilho no olhar muito especial, peculiar de quem está apaixonada.

É inconfundível...

Mas estava mesmo apaixonada, dessas paixões profundas que poucas vezes experimentamos em nossa existência.

Que deslumbramento!

A vida não era em preto e branco, e muito menos cinza.

A vida era toda um intenso e expressivo arco-íris.

Azuis luminosos, vermelhos vibrantes, verdes intensos e luz prateada e dourada iluminando os caminhos. E, muitos caminhos, muitas vias de acesso!

O vento morno sussurrava — um convite irrecusável: "VEM, VEM, VEM — VEM SER FELIZ".

O Menino e seus Sonhos

Aqueles pés sujos começaram a me incomodar...

Mas como não sujá-los se não tinha sapatos?

E as havaianas que usava estavam tão gastas...

Mas tinha que juntar dinheiro para levar para casa. Minha mãe me esperava com as panelas vazias.

Éramos uma família de seis irmãos.

Éramos pretos, pobres e muito honrados!

Eu e meus irmãos maiores de 10 a 13 anos vendíamos panos de prato pelas ruas da cidade grande...

Chegava em casa todos os dias exaurido, um cansaço que não acabava com uma noite de sono, na cama de tábuas, com colchão fino a embalar meus sonhos.

Mas e os sonhos?

Ora — os sonhos... e estudar? Que era o mais alto ideal?

Adiado!

Sempre adiado!

Mas eu nunca desistia.

Continuava a almejar uma vida melhor. Uma vontade imensa de proporcionar para minha amada mãe uma nova casa para vivermos com dignidade...

Mas ainda bem que existiam os sábados!

E nesse benfazejo dia eu ia ao campo de futebol perto de minha casa e me destacava como goleiro — segurava todas!

E um dia ouvi um senhor dizendo — "Esse goleiro é uma muralha! E começava a luzir em mim um farol que se chama esperança!".

A esperança tomou forma e eu dei foco total a ela!

Logo vieram os convites para jogar em times pequenos, mas já levava um dinheiro melhor para casa...

Eu era feio, preto e pobre, e talentoso, e não me deixava abater — acreditava em mim!

E sabia que isso era o mais importante.

Tinha sonhos, ideais de vida e não esmorecia nunca!

Era afinal um brasileiro!

E o tempo escoou com uma rapidez insana...

Logo estava eu jogando em um time europeu com um ótimo salário.

Comprei uma boa casa para minha família, e hoje sou reconhecido e aplaudido por todos!

Olho para trás, faço um flashback e me vejo: um menino franzino, vendendo panos de prato na cidade grande — vejo minha cama de tábuas e suspiro longamente, me vejo triste, algumas vezes "enxotado" dos restaurantes e num lampejo tenho pena de mim, daquele menino que fui, e que nunca pode brincar, não pode estudar...

Mas que pode sonhar, e que a vida lhe concretizou seus sonhos e ideais...

E resolvo a partir dessas reminiscências transformar essa autocomiseração em ação!

Vou construir uma casa-escola para crianças carentes, com um técnico de futebol.

Na mesma periferia que morei.

Vou voltar para minhas origens...

Vou fazer mais meninos sonhadores realizarem seus ideais.

A partir dessa decisão minha vida nunca mais foi a mesma!

O reflexo da alegria dos meninos incidia rapidamente em mim, eu estava entusiasmado e radiante!

E foi assim que nasceu "A casa dos sonhos", na comunidade mais pobre de uma cidade grande e opulenta!

Fugaz

Estava tudo em silêncio. Tudo vazio, quase escuro.

Os advogados, os funcionários, todos já tinham retornado às suas casas ou se foram para outras atividades.

E ela estava sozinha. Revisava o dia , sentia-se gratificada. Amava aquela profissão que efetivamente escolhera. Após tanto tempo de dedicação aos estudos, finalmente ela estava ali, uma jovem e feliz juíza.

Amava seu trabalho cada dia que passava. Adorava chegar ali e "comandar".

Tinha o brilho do poder em seus olhos.

Mas, agora era noite, um pouco tarde até e ainda despachava processos.

Era sozinha, ninguém lhe aguardava em casa, continuava a trabalhar sempre e mais...

É claro, no entanto, que ansiava por algo. Algo que lhe daria fortes emoções no campo pessoal.

Queria mais da vida. Cores neutras não lhe bastavam. Era audaciosa.

Sentia-se como um pássaro — queria voar, descobrir, se emocionar...

Naquele dia estava especialmente sensível.

Olhou suas lindas e torneadas pernas, seu vestido colorido e sentiu bater forte — faltava ele!

Suspirou longamente e desejou ardentemente vê-lo. Buscou-o na mente, trouxe seu corpo, seu cheiro, e arrepiou-se.

Beijou a memória de seus beijos, lembrando Drumond e puxou-o para dentro de si.

Como era bom tê-lo! Não conhecia nada melhor...

Sentiu saudades.

Saudades profundas, do corpo e da alma.

Fechou os olhos (quando fechamos os nossos olhos carnais, deixamos nossos olhos mentais mais fortes).

Navegou livre em sua imaginação...

Deixou de lado os processos.

Não podia mensurar quanto tempo passou em suas devaneios.

De súbito ouviu um ruído e assustou-se.

Perguntou-se: Poderia haver tamanha mágica?

Pressentiu que sim.

Seus olhos viram o que o seu coração desejara tão ardentemente.

E lá estava ele, com seu terno e gravata elegantíssimo — moreno e lindo — ao vivo. Certamente tinha vindo atraído por seus fortes pensamentos e desejo profundo. Não, não podia explicar, aliás, não era para explicar...

O corpo ardeu e pensou: "Deixe-me viver sob o seu feitiço...".

Abraçaram-se.

Parecia sonho, mas era real.

Era um ambiente de trabalho e eles estavam politicamente incorretos.

Mas não importava o convencional.

Deles tomou conta a mais absoluta paixão.

Amaram-se muito.

Dormiram um pouco; ali mesmo.

Uma fresta de sol os acordou.

Olharam à sua volta e nada disseram.

Sorriram — sorriram muito, de pura e genuína felicidade.

A sala de audiências sorria cúmplice.

Começaram a ouvir aplausos.

Sim, eram eles — os processos. Tentavam aplaudir de pé.

E eles, os amantes, sorriam complacentes.

Afinal, em um mundo de discórdias, divergências acirradas, via-se um belo espetáculo.

O maior espetáculo dos seres viventes — o espetáculo da paixão em peça consagrada do amor.

Ouviu novamente um ruído, desta vez mais forte, seu corpo tremeu, olhou a sua volta — e ele? Onde estava?

Viu-se sozinha e com a cabeça afundada nos processos.

A moça que fazia a limpeza no fórum disse espantada: "Doutora, a senhora ainda está ai?".

Todo esse tempo — porque não vai para sua casa descansar?..."

Suspirou longamente — desta vez com alento e desalento...

Vira que sonhara — de tão real, tudo fazia sentido.

Ficou feliz mesmo assim.

Tudo tinha.

Real e imaginário são mesmo produtos da mente.

Ficava com o sonho.

Escolhia o sonho.

Afinal, tudo é fugaz e a dimensão dos fatos são aqueles em que os envolvemos.

Foi embora para casa — preenchida da mais pura e genuína alegria.

O Vendedor

Todos os anos a história se repetia. A moça loira ia para a pequena cidade do interior, para demonstrar seus produtos às pequenas lojas de cosméticos da cidade.

Passava sempre em frente a uma loja de calçados, onde um dos vendedores lhe olhava com muita insistência.

Ela, toda faceira, objeto daqueles fortes olhos seguia em frente, com um leve sorriso.

Esperava que viesse falar com ela, mas nada... somente um leve cumprimento de cabeça. Ele sempre ocupado e preocupado com seu trabalho, talvez com seu gerente ...

O tempo se escoou. Ela voltava para a sua cidade e sempre recordava-se daquele vendedor. E pensava — tão bonito, claro, alto e ainda para ficar melhor — com belos olhos verdes!

Ano de 2003. Viagem marcada para a pequena cidade interiorana. Ela não via a hora de chegar lá, com a ideia fixa no vendedor misterioso. Pensava — desta vez, eu falarei com ele; entrarei na loja e perguntarei sobre a mercadoria (mas era só masculina ...). Não importava. Iria de qualquer jeito.

A primeira providência foi fazer-se mais bonita — um lindo vestido vermelho, umas lindas argolas e batom vibrante — Não, ele não iria resistir!

Colocou, para finalizar, seu melhor perfume e foi decididíssima a encontrá-lo.

Apenas chegou à rua de sua loja, qual não foi sua decepção. Estava fechada a loja. Uma pequena placa assim o informava.

Um misto de decepção e tristeza, quase uma desilusão tomou conta da moça loira.

Pensava — que idiota fui — deixei todo este tempo se passar — não sei nada dele, apenas o primeiro nome, como encontrá-lo?

Foi embora, com aquele aperto no coração que a sensação de perda causa aos seres humanos.

Quis chorar, quis se consolar — quis se acalmar, mas acima de tudo quis superar e lutar.

Ora, pensou, alguém deve saber dele!

Vou procurar informações nas lojas vizinhas — não importa por quem me tomem — que pensem o que quiserem — Quero encontrá-lo — era sua ideia fixa!

Retornou à noite, quase no horário do fechamento das lojas do pequeno comércio local — E entrou na loja vizinha — resoluta.

Perguntou de seu vendedor misterioso — logo lhe disseram — Trabalha em outra loja, próxima e agora é gerente. Seu coração pulou e gritou! Vou encontrá-lo!

Quase numa corrida chegou até lá. E como no cinema — ele imediatamente a viu e pediu para esperá-lo com um gesto. É claro que sim! Esperaria horas e dias, se precisasse.

Tinha certeza disso agora ao vê-lo mais bonito ainda, e com um brilho especial em seus belos olhos verdes!

Alguns poucos momentos se passaram e ele saiu da loja. Convidou-a para tomar "um café", e começaram, após tanto tempo, finalmente a conversar. Era muito agradável a conversa. Ela era pura alegria — parecia uma adolescente com seu primeiro namorado. Ele, encantadíssimo com o encontro.

Descobriram tantas afinidades, que o café se tansformou num jantar — e o jantar num convite para ir a sua casa, já que era um homem só e solitário.

A magia se instalou quando entrou em sua casa — e ele assim o fez — fez a noite ser mágica e inesquecível. Esmerou-se.

Acendeu velas por toda a parte e queimou incensos.

Pediu licença para um banho e retornou — elegante e maravilhoso num roupão azul-marinho. Perfumado.

Era só encantamento.

Beijou os pés da moça loira que ficou inebriada com o ato! Ninguém tinha-lhe beijado os pés!

Não teve pressa e beijou-a muito, demoradamente, apaixonadamente.

E disse que há muito a esperava. Todos os anos, todos os dias, a esperava.

A noite passou, embora a moça quisesse segurá-la com as mãos, para não deixar o tempo escoar. Mas o tempo, ora o tempo — Ele é implacável!

Os dias que se sucederam foram os melhores de sua vida. Também queria segurá-los.

Mas — inexoravelmente se escoaram e chegou o dia de ir embora. Um misto de tristeza, alegria, esperança e muita emoção se instalou em seu coração. Ele lhe disse — é claro que nos veremos! Aqui está meu endereço, meu telefone, tudo meu!

Ela respirou fundo, ele pediu para ela não chorar e assim o fez.

Retornou para sua vida e esperou.

Uma semana passou. Silêncio absoluto.

Duas, três semanas se passaram longas e tristes. A moça loira não sabia o que pensar, lhe escreveu duas vezes, pediu para não deixar para lá aquela energia tão forte, da paixão. A energia tão rara, tão buscada e tão pouco encontrada.

Pensou, conjecturou, chorou e depois não pensou mais.

E um dia sonhou.

Ele aparecia bonito, com seus olhos verdes ainda mais brilhantes e lhe beijava como da primeira vez. Sentiu o cheiro dos incensos, a música e seu perfume. Tudo igual! Acordou radiante! Não precisava de mais nada! O tinha para sempre!

Em seus sonhos, em sua mente, em seu olfato e em seu coração — era a vitória de seus pensamentos!

A sobrepujança dos sentimentos sobre a razão, do emocional sobre o real.

Era o quanto bastava.

Crônica — Marcas Indeléveis

Era uma vez, um homem adulto que morava em uma cidade pacata, mas tinha sempre uma forte sensação de que iria ser roubado...

Buscava em seu subconsciente a razão pela qual aquela sensação lhe causava um estranho mal estar.

Um dia pediu a Deus em suas orações que lhe esclarecesse, que lhe mostrasse a causa de tamanho desconforto.

Ao acordar no dia seguinte à súplica, fez uma auto regressão, e vários flashbacks lhe vieram à mente...

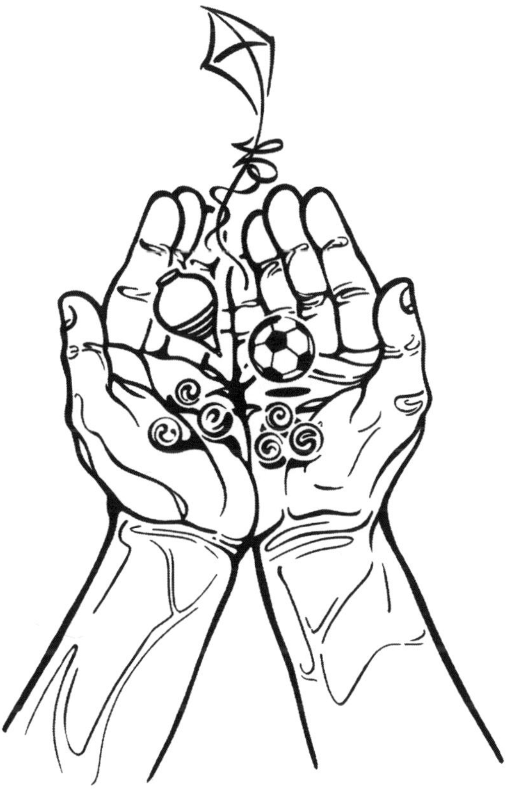

Se viu, menino em sua cidade do interior do nordeste, limpando terrenos na roça, trabalhando sob o sol do meio dia, com o estômago roncando de fome, suando em bicas, e um mal estar generalizado foi tomando conta de seu corpo, agora adulto, e uma sensação de perda irreparável invadiu seu ser!

E o medo constante de roubo, de onde vinha?

Teve um insight significativo e fez uma associação precisa — qual é a nossa grande joia na vida?

O nosso tempo! O tempo é precioso — e aquele tempo precioso que nunca mais vai voltar...

A infância!

Recordava com tristeza que jamais lhe era permitido brincar...

Tinha sempre que trabalhar!

Como uma grande descoberta, veio com clareza solar em sua mente:

Meus dias de infância foram roubados!

Me foram suprimidos, por isso o medo de hoje, de certa forma patológico, de ser roubado, de me tirarem algo precioso que carrego dentro de mim!

Suspirei profundamente e me dei conta agora que precisava me curar, o trabalho de uma criança é similar a uma chaga, a uma doença que deixa sequelas, marcas indeléveis, às vezes no corpo, às vezes na mente e muito na alma de um ser puro, em formação.

Assim, todos nós que fazemos parte de um grupo consciente, seres humanos despertos, temos que desenvolver "vacinas" eficazes para combater em nosso país, a chaga — a ferida aberta do trabalho infantil!

Sigamos em frente com esse nobre propósito!

Muito obrigada!

O Vestido

A festa naquela noite prometia. Eu veria toda a "galera" que me interessava; os rapazes mais bonitos da cidade lá estariam, exibindo-se desde a porta, com suas máquinas reluzentes.

Eu precisava ficar linda, me destacar aparecer... Mas como?

Não estava trabalhando, não tinha um centavo sequer para investir em mim... Não, nada de desespero; assim as coisas até se complicariam. Lembrei-me de Scarlet Hoara de "O vento levou" me sentia a própria heroína do filme mas, não a copiei, apenas inspirei-me nela.

Abri o armário de minha mãe e vi uma linda camisola preta, mas inconfundivelmente uma camisola. Pensei nos detalhes. Aquele brinco lindo de strass, o colar deslumbrante que estava no cofre comporia o visual. Animadíssima corri e experimentei tudo completo.

A noite demorou a chegar tal a minha ansiedade e quando finalmente cheguei a festa a merecida recompensa por tanta ousadia.

"Você está hoje realmente linda!". Que roupa espetacular "Bárbaro seu vestido!". E toda a noite fui contemplada por sucessivos e calorosos elogios. Valeu lingerie! Jamais te esquecerei.

A Santa

Voltava para casa todos os dias com a sensação boa do dever cumprido.

Sentia a paz de espírito dos que voltam da igreja com o ser plenificado de êxtase religioso.

Retornava, enfim, com a serenidade de um lago azul límpido, como o céu na manhã de inverno...

Era assim e sempre assim que se sentia.

Ninguém sabia de onde ela vinha, até porque ela vinha de muitos e diferentes lugares.

Bem, era uma jovem e bonita morena, livre e sem problemas financeiros. Seus pais faleceram em um trágico acidente de carro, deixando-lhe com uma única tia, que a tinha criado, desde os tenros 6 (seis) anos. Era grata à sua tia que a colocava em bons colégios, tendo cursado a faculdade de filosofia.

Mas a sua tia também morrera à pouco, e ela estava sozinha e como herdeira de boa e confortável situação financeira. Não conhecia problemas nessa área.

Mas a faculdade de filosofia a tinha feito mestre na arte de pensar, de avaliar, e de conjecturar a perquerir sofregamente o sentido da vida. E qual era esse sentido da vida...?

Sabia que era bonita, tinha consciência de seu fascínio sobre os homens, qualquer que fosse a percepção de beleza (porque beleza é percepção) se saia muitíssimo bem.

Começou a entender, nesse prisma, que algo deveria ser usado em favor dos outros, de homens que viviam a lhe admirar, a se encantar com o seu sorriso, seus belos olhos, seus carismas.

Resolveu então, a partir de um longo, pensado e estudado momento a dar prazer aos homens com sua companhia.

Não por ela, mas por eles. Via o brilho do olhar de alegria genuína, quando se insinuava para os homens, em qualquer local que frequentava, sempre em locais desconhecidos, de seu cotidiano. Em igrejas distantes, era seu "ponto" preferido.

Nada queria em troca. Aliás, longe de "trocar".

O que quer que fosse queria doar. E o que tinha para doar era sua beleza, seu corpo, seu carinho, seus momentos.

Essa vida lhe dava um enorme e inexplicável prazer. Não o prazer físico, mas o prazer da alma, ao ver tão felizes os seus favorecidos.

Tinha especial preferência pelos menos favorecidos, menos dotados de beleza física, até com deficiência física, mas que fossem dóceis de coração.

Essa era a condição *"sine qua non"*.

Oferecia-se como um prêmio, a esses de coração dócil, tranquilos e serenos, como era sua alma...

Muito tempo se passou, não sabe-se dizer quanto, já que o tempo é uma ficção, e ela jamais pensou em abdicar dessa sensação de dever cumprido que a acompanhava ao final de cada dia.

Como renunciar a esse bem-estar, a essa serenidade, esse aplauso interior que lhe era dado cotidianamente...?

Chegava em casa como uma colegial saltitante, descompromissada e feliz.

Ou como uma monja após um treino intenso de prática meditativa.

Tinha certeza que era dócil e pura e não queria canalizar ou individualizar esse amor vasto que sentia pelos homens em favor de um só homem, aceitando as inúmeras propostas de casamento que lhe faziam.

Porque abandonar o todo em favor de apenas um, em detrimento de tantos que tinha consciência plena que os fazia felizes, nem que fosse por breves e fugazes momentos?

Mas a vida é tão fugaz, tão efêmera e transitória, e a impermanência é o que permeia constantemente nossas vidas!

Por paradoxal que seja!

Assim, suas reflexões, sua filosofia, que certamente não aprendera na faculdade. Era sua própria e convicta teoria.

Jamais dizia seu nome, seu endereço, era uma incógnita o que a fazia sobremaneira atraente, pois o mistério é um desafio para os homens.

Sabia que a chamavam "A Santa".

O tempo escoou.

Era jovem ainda quando a vida lhe pregou uma "peça".

Sentiu-se mal quando estava indo à casa de mais um "cliente", e ali mesmo na rua, desfaleceu e faleceu.

Ouviu nitidamente vozes que diziam:

- É a Santa, é a Santa!

Caiu inesperadamente na calçada, desfalecida.

Ela continuava a ouvir vozes que vinham de todas as partes. Vozes que lamentavam, que se compadeciam com aquele passamento prematuro, no auge da beleza e porque não da supremacia do amor...!

Mas sabe-se que ela se foi como queria, sem renúncias, sem corromper seu sentido do sagrado, peculiar sentido do sagrado é fato, inusitado modo de fazer o bem, é verdade, mas não menos nobre sentimento de serenidade, paz e convicção plena de missão e dever cumpridos.

Assim se foi "A Santa".

Lembranças Nostálgicas

"Janice, Janice! Vem logo menina, pára de brincar!
A vida é séria, tem que trabalhar!"

Essa voz ecoa ainda hoje em meus ouvidos provocando uma profusão de sentimentos — misto de medo, com calafrios, mas também uma saudade dos tempos idos e contidos a se revelar...

Ai se eu pudesse voltar a ser aquela menina e resgatar aqueles anos suprimidos, pegar aquela boneca escondida proibida de comigo brincar...

Ai que saudade de mim!
Saudade daquela menina, ainda hoje escondida sem conhecer a razão...
São pedaços de mim, vestígios liquefeitos que se escoaram no tempo, agora sempre em mutação...

De improviso ouço uma voz:
"Mamãe, mamãe — acorda!
Estou brincando com você!
E você dormiu quando minha boneca estava entrando no doutor!"

Claro filhinha, vamos continuar brincando e brincando,
sonhando e sonhando,
até toda a infância passar...
E os sonhos não vão jamais terminar —
"Sim, porque toda criança foi feita para sonhar!"

Na Roda da Vida

Era tão bom ...

Era tão bom quando, no Natal, meus pais escondiam os brinquedos e eu ia dormir ansiosa para chegar o dia seguinte e olhar ao lado da cama e ver todos aqueles lindos embrulhos me esperando.

Aquela sensação de felicidade única me acompanhará por toda a minha vida.

Era tão bom também quando, eu já crescida e jovem, via o Natal como prenúncio de um novo tempo, um baile de réveillon sempre alegre, ensejando tantas perspectivas de Ano Novo, novos planos, novas amizades, novos amores.

Mas também era tão bom quando eu, já adulta e mãe, via a alegria de meus filhos pequenos a cada presente que desembrulhavam, a esperança a cada pacote de ser o que abrigava o presente que tinham pedido ao Papai Noel.

A felicidade no rosto deles certamente me seguirá até o final dos meus dias.

É. O tempo passou.

Não, não passou, escorreu...

Agora é um novo tempo e que requer um novo olhar.

As crianças são jovens adultos que agora presenteiam e, nem sempre podem estar presentes, pois tem, com outros, objetivos de vida.

O Papai Noel não vem mais visitar nossa casa, pois quem nele acreditava não mora mais aqui.

Mas, ainda bem que sempre tem o "mas", e esse é para mais, para acrescer, para encher de esperança nossos corações.

Mas... o tempo vai continuar a passar e logo mais o Papai Noel voltará a visitar nossa casa, pois certamente virão novas "pessoinhas", que nele acreditarão e depositarão todas suas esperanças de presentes, de anseios.

Sim, virá um tempo diferente, com certeza, mas tão alegre quanto aquele primeiro, em que eu dormia ansiosa e acordava inebriada de tanta felicidade ao ver atendidos os desejos de minha pequena alma infantil!

É. O Pai, em sua Sabedoria Infinita, sabe fazer girar a roda da vida, os ciclos, os tempos, e agora é mesmo um novo tempo, e amanhã será também a confirmação de que nada na vida é estanque, tudo se recicla, tudo se renova na imutável e eterna "Roda da Vida!".

Sentir

Eu busquei na tarde morna
a inspiração
na ternura quente
uma canção,
nos braços ardentes
uma paixão...

Me deitei na relva da manhã
e contemplei o dia
que nascia límpido,
daquelas manhãs azuis translúcidas
e o ar que soprava
era quase etéreo,
e vi o sol...

Vi o sol ofuscar meus olhos,
roubar todas as cenas humanas cujas angústias
se fizeram pequenas,
ante tão deslumbrante cenário...

Eu estava aqui,
eu estava lá,
não importa,
eu estava na Terra Infinita,
de grandiosa beleza, num lugar qualquer do planeta,
inundada com a sensação de plenitude e de paz
que só o "sentir" consegue vislumbrar...

E assim é porque eu estava no País da Felicidade,
cujo único endereço é o Ser!

O Burro Besta

Crônica / Traquinagens e Peraltices — tempos de infância

Havia na cidade grande, num bairro longe do centro, um burrico a quem todos chamavam de “Burro Besta”.

Ganhara este apelido pelo seu temperamento gentil, prestativo e doce.

Todos abusavam do “Burro Besta”, pedindo-lhe favores e mais favores.

“Burro Besta”, chamavam: — Leve estes jornais ao centro para entregá-los ao João.

E lá ia o burro besta carregado fazer o que lhe tinham pedido.

Aí chegava no centro da cidade e o próprio João lhe pedia: — Ó burro besta, leve-me esta cesta de frutas muito maduras para os animais do zoológico. — E lá ia o burrico cumprir todas as ordem que lhe davam. Chegava ao zoológico e o zelador lhe pedia: — Agora, burro besta, leve-me esta carta para a minha namorada. E era sempre assim. O burrico não tinha sossego. Nunca recusava os pedidos.

E os anos passavam nesta rotina de trabalho árduo, de gentilezas diárias, de bondade, de dedicação.

Até que, um dia, o burrico no centro da cidade se rebelou contra um pedido um tanto abusado de um jornaleiro, e todos começaram a rir dele dizendo: — Ora, burro besta, você com raiva? Mas não faz tudo sempre de bom grado?

Ora, ora...

E o burrico passou a recusar os pedidos que lhe faziam, cansado de tantos pedidos, tanta ingratidão e tanta humilhação.

Pensava: "Se pelo menos me agradecessem... Mas nunca. Sou esquecido, humilhado e, ainda por cima, riem de mim".

E passava os dias inteiros sem nada fazer, só a se lamentar.

Dormia, comia entre suas lamúrias e o tempo foi ficando grande demais para o dia.

Começou a se entristecer na hora em que tinha que acordar. Para quê? Para nada fazer? Para ter o dia inteiro pela frente?

E dormia muito. Até que um dia levantou-se cedo e pensou o dia inteiro, tomando uma decisão: "Hoje vou ao centro para vê se me pedem alguma coisa".

E lá foi. Mas ninguém lhe pediu nada; todos receosos e temerosos com as recusas de antes. Mas teve uma ideia. Já que não me pedem, me ofereço. — Ô João, não precisa de nada? — Hoje, posso fazer um servicinho...

E apareceram as tarefas, como antes.

E também apareceu a alegria do trabalho, da missão cumprida e mais o prazer de fazer coisas boas para os outros e pensava — não precisam agradecer. Esse prazer, essa alegria é só minha que tanto posso fazer, trabalhar.

"Que bom! Sou o burrico mais feliz do mundo — Todos precisam de mim, me pedem favores e o principal — posso fazê-los." Que importava que me chamassem de burro besta?

A alegria, felicidade, felicidade, viveu depois dessa decisão.

Você

O código...
a música...
a repetição...
os sons...
    você,

  O relógio no cinzeiro sem uso,
  a letra,
  a número da lei,
  o leite, a mesa a dois,
      você,

As nuvens claras,
as figuras disformes,
o gosto pelo inesperado,
    você...

  Felicidade
  que ía mas não vai embora,
  o riso, os acordes,
  uma plenitude unificada,
  e um amor concreto — etéreo,
  você.
  E...
  Basta.

Para "Gravar em Cima"

Poesia / Deslizes

Ficou pra trás...
Atrás, como num roteiro cinematográfico,
atrás, como nas rodas velozes de um veículo,
como num sonho,
como num pesadelo...

Uma história irreal,
contrastantes sentimentos
uma só amargura,
num debate entre a razão, o cotidiano
e o querido, o desejado.
Esquisito, doído,
o ser espremido,
como seria?...
O trauma, a marca indelével,
a falta de estrutura,
muita carga pra ficar pra trás...

Na frente — visões conturbadas;
que fazer desse filme que odeio?
Que fazer dessa passagem,
como colar as páginas desse
verso macabro, desse fato que
poderia estar só nas histórias
Acontecidas nos livros de bolso?...
Um suave semblante,
uma doce promessa,
ideia de sorriso,
nascer de tudo,

apesar de tanto.
Ficou pra trás?

Ou está atrás de tudo que vejo,
que faço?...
As coisas formaram um círculo,
e como dói...
Dói porque sei e nada posso fazer.
Indescritível.
Vai entrando e se instalando
como habitat natural
a dor que não acostuma
mas que já faz parte do dia,
que já toma café da manhã,
que já veste camisola e
se consola no travesseiro...

Mas queria tanto que ficasse
Mesmo pra trás...
Como num sonho mau, como uma
Nuvem escura,
Como uma torrente,
Mas tem esse vigor crônico,
Que se não poder abater
De uma só vez.

Mudança — fuga — perspectivas falhas
Tento o afogar. Tento o sentir,
e sentir até consumir, mas não
posso; não conseguiria sentir tudo
de uma vez, mesmo agora.
E é bom pior. As "suaves" prestações
que pago, vêm acrescidas dos maiores
juros já vistos, arbitrários, talvez.
E a cada dia,
Eu me pago, me amorteço (penso eu),

A dívida comigo mesma, apesar de não
ter tido a antevisão de que
seria tão caro.

Não quis, dei a causa
Imprudência (que jurídica estou...)
Mesmo assim, era não coação,
pressão, e aqui estou nas dores
a prazo lento, agonizante e sem
data de término.
Mas choro; as lágrimas não
são o comprovante de pagamento e isso
darei — dívida assumida,
dívida paga — bem paga,
com quitação...

E o desejo e ficar pra trás...
Como no início do escrito,
pra trás, como num trem,
como numa nublada visão
de sonho infantil,
como quando eu tinha cinco anos
e não sabia o que fazer
do gigante listrado que me aparecia à frente.
Como não sei fazer hoje,
com a carga que tenho do
gigante agora sem listras
mas sempre presente...

Deixar pra trás...
nas rodas velozes de um veículo...
nas espumas diluídas do mar,
como letras de areia, como giz em
quadro-negro,
como escrito passado borracha... apagar e...
"gravar em cima...".

É Sempre Natal

Eu queria a igreja vazia, uma aparição de anjo,
Eu queria um cântico doce, uma visão etérea...
Não eram as compras, não eram os cartões,
Não eram presentes, não eram olhos sem brilho
E bocas cansadas...
Seria um apelo à multidão, sem
A devida dimensão do que é verdadeiro?
Um rastro de luz, um tom delicado de primavera,
Num palmo de terra, com flores de campo, selvagens,
Puras, num céu quente, colocando
Um invólucro luminoso como um
Presente gigante para uma criança feliz!
Rostos, milhões, sem destino... Febris,
Ardentes, à procura de um intervalo
Supostamente em festa, supostamente em paz...
Mas deixemos os sinos tocarem, e vamos de verdade
à busca de rostos luminosos, muito além dos enfeites,
e das aparências, na busca da Essência,
Cuja única Percepção Real,
É o grande Amor Universal!

Magos do Amor

Revirava meus guardados quando caiu, literalmente caiu, em minhas mãos, aquela foto envelhecida pelo implacável tempo, de um lindo e nostálgico casal. Jovens, sorrindo para a fotografia, um sorriso de quem estava fora deste plano terráqueo, no final do mais belo arco-íris, no tapete azul do céu claro.

Retornei no túnel do tempo e como numa sessão de terapia regressiva vi-me com cerca de 25 anos, até aquele sábado.

Fazia sol, o sol que indistintamente acalora os tristes e os alegres, os bons e os maus. O sol tão soberano que transcendendo todo o sectarismo, reina para todos.

Ele veio junto com o sol, após longo inverno. Era um homem gentil e solícito que se aproximou dizendo apenas: "Maravilhoso dia, não?".

Encantei-me. Puro encantamento. E a partir daí começou um dos melhores jogos dos mortais — a sedução. Encontros sucederam-se. E o "complô" da natureza continuava, lindos dias de sol aconteciam, manhãs brilhantes, tardes esplendorosas e noites quentíssimas.

Cada vez esmerava-me mais na beleza.

Ajudava-me a juventude, a generosidade das formas do corpo em contraste fascinante com as feições delicadas do rosto. Os grandes olhos verdes refletiam o brilho puro da paixão.

Pura química. Alquimia total.

Nós éramos ao mesmo tempo que grandes amantes, verdadeiros bruxos, Magos do Amor.

Michel era o homem mais bonito do planeta. Assim eu acreditava, era envolto na aura da sedução, era pura lucidez, percepção, inteligência, brilho.

Envoltos na penumbra do quarto, cantávamos, dançávamos e bebíamos muito. Champanhe francês, iguarias deliciosas, lingeries pretas, brancas, perfumes de odores requintados se misturavam ao cheiro sensual que desprendíamos dos corpos.

Às vezes me intrigavam questões concretas, aspectos prosaicos, tais como de onde vem Michel, sua fortuna, sua conta bancária, seus dólares. Nunca tinha compromisso fixo de trabalho.

Mas, inebriada com a magia do amor pouco pensava em questões tão pragmáticas.

Nada importava. Só a paixão contava. Afastei-me dos parentes próximos, cortei os amigos, não queria ver o mundo lá fora, vínculos outros, que pudessem embaçar o brilho dos dias ardentes que vivia.

Estive enfeitiçada. Puro feitiço.

Pus-me em uma ocasião a conjecturar... "Se casássemos, e tivéssemos filhos. Uma família...".

Coloquei em clima de visão futurística um quadro familiar para Michel que abominou.

E claro, ele sempre tinha razão.

Um tempo cresceram as dúvidas materiais, arrepios percorriam-me o corpo e cheguei a pensar em atividades suspeitas de Michel, tráfico, ilicitudes de toda sorte assaltaram-me o sono. Fácil. Contratei um detetive para averiguar que me entregou um relatório. Não o abri.

Deixei o relatório lacrado com suas informações que poderiam de alguma forma comprometê-lo ou melhor, comprometer a magia daquele amor. Para que ameaçar a festa ...? A festa era a nossa vida em ritmo inebriante.

A magia do amor nos elevava a graus de superseres, dotados de sensibilidade aguda, transcendia todo e qualquer aspecto material.

Química que extravazava os poros. Vivi mais de um ano de magia.

Optei pela fantasia, pelo sonho.

Mas, como todo sonho, houve o triste e vazio momento do despertar.

Também era um sábado. Não tão ensolarado como aquele em que o conheci. Saí sozinha para caminhar e deixei Michel ainda dormindo e nunca mais o encontrei.

Como um arco-íris que se desfaz após apresentar o mais belo espetáculo das cores — ele foi embora. Para sempre.

Morri.

Estive morta por três longos anos.

Nada posso dizer deste anos, pois estive morta.

Hoje quase vinte anos depois estou novamente viva e posso dizer bem viva. Há alguns anos abri aquele relatório. Michel era um rico herdeiro (único) de fortuna deixada por seu pai — um empresário suíço. Foi educado nos melhores colégios da Europa, falava vários idiomas e nada havia em sua vida de suspeito, nada de ilícito em sua fortuna.

Mas — e por que fora assim, sem deixar rastros...?

Retrocedendo no tempo vejo que a chama ardeu e extinguiu-se por si e ele percebeu no ar o clima de final. Intuiu e foi em busca do inexistente, foi em busca de paixão, como um viciado em drogas, foi em busca de magia que depreendeu arrefecer entre nós.

Hoje sua lembrança é boa. Juntando os retalhos do que ficou vejo uma foto antiga. O filme passou inteiro, em minha mente e contei-o para vocês.

Não é mesmo um lindo filme?

Os filmes têm começo, meio e fim e duram cerca de duas horas. Nem por isso perdem sua beleza, esplendor e fixação para sempre.

Assim, num paralelo — a paixão.

Afinal o concreto é divorciado do sonho, e a paixão, puro sonho, e a este chamo, na versão brasileira, de "Magos do Amor".

Agora — No "Depois"

Agora só poderia ter certeza sim, aquilo não poderia ser a festa que entrara no dia anterior.

Os seres eram fantásticos demais, mesmo com a alucinação dos últimos minutos de vida.

Aquelas eram pessoas estranhas, vestidas de negro, de branco, de cinza. Eram indefinidas no seu sexo. Não se sabia se eram homens ou mulheres, todas tinham uma expressão distante, enigmática mesmo. Ora, que diabos, onde vim parar eu?

Me recordo dos momentos que precederam toda a loucura daquela festa. Eu estava animado demais, eufórico demais, excitado demais, tudo demais. Achava que o mundo era uma grande festa e eu era o senhor todo-poderoso. Tudo por efeito daquela droga maldita da qual não poderia me desligar. Eu era o máximo, tinha dinheiro, poder, tudo à custa de pouco trabalho e muito risco.

Mas exagerei na coragem fui além, queria mais, sempre mais,e vim parar aqui, onde homens e mulheres não se distinguem, são cinzas.

Quero parecer quieto, mas estou profundamente assustado.

De repente, sinto uma sensação estranha me invadindo, é pavor mesmo! Alguém me puxa por algo que pressinto ser os cabelos, pois vem do alto e me direciona para um vôo curto; aterrisso numa cama leve como uma pluma, em um lugar que se parece um grande acampamento ou hospital. Sim, é um hospital. Vejo pessoas de branco dando ordens, verificando os pacientes, todos deitados no leito de pluma. Olho ao meu redor. Milhares de seres iguais a mim, sem identidade, mas com consciência, estão ali. Alguns recebem uma espécie de medicamento; eu, por enquanto, nada. O corpo dói-me todo, levei uma grande surra, fui espancado; não, não poderia ser, "lá" era diferente. Aqui tudo é sombrio e desapareceu aquela forte sensação de poder. Uma pessoa pára diante de mim. Me olha com carinho até, me examina, balança a cabeça, lamenta e me sorri brandamente. Por que fui fazer isso?... Um choro convulsivo toma conta de mim, me sacudindo todo o "corpo". Corpo apenas etéreo, inconsistente.

Aqui tudo é novo, desconhecido, mas agora não aterrorizante, há um clima de restabelecimento no ar, uma convalescência, uma recuperação. Acertei — vejo uma placa em língua estranha, mas única que todos compreendem — "Unidade de Restabelecimento".

Deus, meu Deus, clamo com todo o fervor — concedei-me vossa Força, concedei-me vosso Amor! Nunca tinha clamado assim antes!

Sinto uma força imensa me tornar o ser, invadem-me sensações diferentes, ousadas, mas de paz, de bem-aventurança. Chamei por Deus. Ele me ouviu!

Sinto-me forte, poderoso, sem ajuda de nada. Incrível!

Se eu soubesse antes que podia... nada teria sido assim, tão brusco...

Um arrepio de pura leveza percorre-me o ser. Sinto que, enfrentarei com coragem todas as etapas (muitas) a vencer.

Sou forte, tenho dentro de mim a centelha única da divindade — e vou passar pouco tempo na "Unidade de Restabelecimento".

O caminho é longo, a jornada da eternidade não há o tempo como na Terra, mas agora mais que nunca, sei que vou conseguir caminhar livre, entre as plantas, no meio do mar, nas estrelas. Farei voos maravilhosos e incursões livres onde quiser. Não tenho um corpo a me aprisionar e já começo a dar graças a Deus, retornei à minha grande Casa. A Casa de Todos.

O Homem — Num Momento de Lucidez

Chovia; as águas escorriam lânguidas e às vezes fortes por entre as luzes da rua. Gente de todos os lugares tentava abrigar-se em qualquer cobertura mais sólida, havia como um desabar da natureza contida por tanto tempo.

Só, com um abrigo moderno, estava um homem. Estranho homem! Passeava pelas ruas com aquele tempo, dando a impressão de ser indiferente à natureza à sua volta. Sua expressão era incrivelmente triste e com uma solidão transbordando em seus olhos, surgindo clara em seu rosto um pouco envelhecido.

Não há como calcular a idade deste homem. Talvez quarenta, talvez cinquenta anos; há sim como calcular quantos anos tinha sua solidão, que fazia parte de seu ser. Pensava e pensava, insensível à noite, insensível à chuva e ao vento que varria tudo.

Sua história? Vulgar, cotidiana. Fim do século XX; o máximo de tecnologia, tudo pronto para ser o mais rápido e o mais prático; é preciso "vencer na vida", *status*, não há tempo a perder; temos de estudar, concluir um curso de preferência atual e rendoso, trabalhar, ter um bom emprego, constituir família; ter filhos e fazer planejadamente tudo o que um "homem de bem" tem de fazer. E depressa, muito depressa. Passa-se por cima de dores, esquece-se as lágrimas e constrói-se.

Constrói-se em cima de tudo e em cima de nada também — é o ritmo. E?... Não está tudo realizado? Cheguei. Subi (que Foguete!) Tudo como planejei. Falta o quê? E essa angústia, essa sensação de tempo gasto, inútil, perdido, como atenuá-la?

Tem raízes...

Agora estou aqui; perdido numa rua que nem sei aonde fica, perdido na chuva e perdido de mim. Dói-me o corpo ao pensar nisso. Só, e com tudo o que planejei! Fui uma besta humana! Lutei, trabalhei até a exaustão e que tenho? Uma terrível insatisfação, uma angústia sufocante e o que é pior — a certeza de que não era nada disso.

Eu não queria isso! Mas pensei...

E uma voz íntima, interna, revela-se; ela é antiga, enraizada...

Família, trabalho, tudo "com muito amor e carinho", como nos comerciais de televisão... E os sonhos?

Onde foram parar? E as verdadeiras metas? E o ser feliz, não importa?

E não sou feliz... Esqueci os sentimentos, não consigo nem sentir em meu corpo os pingos da chuva que insistentes não param, há quanto tempo não reparo no sol e na chuva?

Nas árvores e seus verdes? Há quanto tempo não olho o mar e sinto dele o odor?

Cresci. Sou um homem de negócios, um executivo, com um amontoado cada vez maior de responsabilidades intransferíveis. Não posso parar... Não posso nem morrer... Sou indispensável! (Me consolo assim...).

Vou voltar pra casa. Contarei uma história para as crianças, vou dar-lhes um alerta — há tempo.

Pra mim? Carregar (agora é carregar) o que construí, consciente agora plenamente da minha extensão de um ser vulgar, comum, igual a mil outros na cidade grande.

E só, terrivelmente só.

No Infinito

Vou caminhando por uma passarela
cor de vinho com bordas de ouro,
ouço uma música maravilhosa
acima dos tons já conhecidos,
muito alta, completamente envolvente.
Chego, a passos lentos, no altar,
onde belíssimos anjos tocam
aquela música que agora
preenche todo o recinto.
Estou vestida de noiva, um lindíssimo
vestido branco com rendas e pássaros
azuis bordados.
Me aproximo do altar e vejo,
atordoada, que ele não tem limites,

"ou seja, não há altar com contornos
definidos".
Há firmamento sobre mim e
o mar a meus pés.
Receio molhar o vestido de noiva,
mas o medo é infundado e as
ondas apenas me embalam.
De repente, subo com meu corpo
e todo o meu vestido a alguns
metros de altura, verticalmente.
Percebo que subo mais e mais
até começar a flutuar,
leve e soltíssima, acima
do mundo, das cores, além do mar...
Ah! que belíssimo momento!
Quero eternizá-lo, vou conseguir
fixá-lo para sempre!
Sinto uma grandeza maior
que me abraça como um todo.
É o Universo que me acaricia,
que me envolve...
Mas — e o Altar... e o vestido
de noiva?...
Vou encontrar o grande amor da minha
vida, de todas as vidas,
vou vê-lo
é a Grande Vida,
o Grande Arquiteto,
agora sei que estou
definitiva e perdidamente apaixonada...

Sobre a Autora

Desª. Ana Amarylis Vivacqua de Oliveira Gulla

- Desembargadora Federal do Trabalho;
- Formada na Universidade Federal do Pará;
- Advogou na cidade de São Paulo de 1977 a 1988 quando foi aprovada no primeiro concurso da Magistratura da 15ª Região, tomando posse no dia 1º de dezembro 1988;
- Exerceu o cargo de Presidente do Eg. Tribunal Regional do Trabalho da 15ª Região no biênio 2020-2022; e o cargo de Vice-Presidente Administrativa no biênio 2018/2020;
- Também exerceu o cargo de Vice-Ouvidora no biênio 2014/2016 e de Ouvidora no biênio 2016/2018, ocasião em que proferiu diversas palestras nas Ouvidorias de outras Regionais Trabalhistas.
- Compõe a 3ª Câmara da Segunda Turma de Julgamentos e a 1ª Seção de Dissídios Individuais da Corte;
- É escritora (poetisa, contista e cronista), tendo, inclusive, sido premiada por três vezes no concurso "A Arte da Magistratura", promovido pela Academia Paulista de Magistrados;
- Publicou dois livros: "Momentos que Conto" e "Manual de Instruções do Ser Humano", autografado na Bienal do Livro de São Paulo;
- Profere, com regularidade, palestras abordando temas relacionados a Parte Comportamental, Desenvolvimento Pessoal e Motivacional nas escolas da Magistratura a nível nacional, bem como em Faculdades do Estado de São Paulo;

- Recebeu ainda, homenagem pelo Dia Internacional da Mulher, o título "Excelência Mulher", na FIESP de São Paulo;
- Mentora em formação do Curso Avançado de Inteligência Espiritual;
- Realiza trabalho voluntário religioso, sendo Preletora da filosofia religiosa Seicho-No-Ie.